Erwin Gisch

Nicht jeder Mist ist dufte

Gedichte und Aphorismen

SCHAUMBERG

Bibliografische Informationen der Deutschen Nationalbibliothek:
Die Deutsche Nationalbibliothek verzeichnet diese Publikation in der Deutschen Nationalbibliografie; detaillierte bibliografische Daten sind im Internet abrufbar über: http://dnb.d-nb.de

ISBN 978-3-910306-16-5

Brunnenstraße 15, 66646 Marpingen, Telefon 06853 502380
info@edition-schaumberg.de, www.edition-schaumberg.de

1. Auflage, März 2024

Autor: Erwin Gisch

Titelbild: © adobestock.henjon
Beratung, Buchgestaltung, Satz: Thomas Störmer
Gesamtherstellung: Edition Schaumberg, Marpingen
Schrift: Frutiger
Druck und Weiterverarbeitung: Rudolph Druck GmbH & Co. KG, Schweinfurt

Aus Gründen der besseren Lesbarkeit wird auf die gleichzeitige Verwendung der Sprachformen männlich, weiblich und divers (m/w/d) verzichtet. Sämtliche Personenbezeichnungen gelten gleichermaßen für alle Geschlechter.

Dank …

an Herbert und Hilda,
die sich über dieses Buch gefreut hätten.

Hört auf den Regen!

Er ist sauer.

Geerdet

Menschen
nehmen ihre Nahrung
durch den Mund auf,

von oben herab,
sind durch achtlose Ernährung
gefährdet.

Pflanzen dagegen
mit dem Boden verhaftet,
geerdet.

Bodenständig,
ihre Wurzeln ausgestattet
mit gehirnähnlichen Strukturen,

finden sich bei manchen,
auch scheinbar gebildeten Menschen,
gefühlt davon nur ein paar Spuren.

Bei
Überfluss

geht
einiges

den Bach
runter.

Geh! Fühle!

Gefühle können belasten,
dich einengen,
in eine Richtung leiten
oder dich als Freund
durch's Leben begleiten.

Dich aus der Bahn werfen,
brutal
oder dich stärken, genial.

Drum hinterfrage sie!
Hinter Fragen liegen Antworten –
auch nach dem Sinn.
Geh, fühle –
auf dem Weg dorthin!

Im Bilde

Eindrücke aufsaugen mit allen Sinnen.
Eigene Bilder entwickeln –
von innen.

Sie verarbeiten, löschen bei Bedarf.
Sie ergänzen, einstellen –
scharf.

Selbst im Bilde sein,
den Kopf belasten,
seinen ganz persönlichen ›Foto-Kasten‹!

Lasst Blumen sprechen

Talkshow, Redeschau –
millionenfach beäugt
vor den Fernsehern daheim.
Oft wichtiger auf dem Bilde
als im Bilde zu sein.

Talkshow, Redeschau –
welch seltsame Namen.
Täglich neue Themen.
Es gibt Tage,
da bevorzuge ich Chrysanthemen.

Auch
Sprachlosigkeit

ist
eine Form

von
Redezeit.

Augenhöhe

Von oben herab gesehen
wirken andere klein,
können menschliche Blicke
verachtend sein.

Ehrlich gesagt,
mir sind sie zuwider –
halb verschlossen
ihre Lider.

Den Blick getrübt
zeigen sie Blöße.
Begegnung auf Augenhöhe
wäre ein Maßstab wahrer Größe.

Denk mal

Auf einem Sockel thronen –
verlockend.
Reizvoller als am Boden zu sein,
hockend.

So gibt es Menschen,
die sich selbst erhöhen,
um auch ohne Sockel
ganz oben zu stehen.

Groß zu wirken.
Spätestens hier sollten sie zögern:
Größe
misst man nicht nur in Zentimetern!

Schattenspiel

Wer im Licht steht, wirft Schatten –
wunderbar zu seh'n.
Doch was man nicht kann,
im eigenen Schatten steh'n.

Dazu braucht es Mitstreiter,
die sich zurückhalten,
die bereitwillig
neben einem geh'n.

Schattenspiele sind anspruchsvoll,
es trügt der Schein.
Wer im Schatten steht,
muss nicht unterbelichtet sein!

Ein
Blender

ist keine
Leuchte.

Mist

Mist
ist per se nicht schlecht,
erst recht nicht,
ist er echt.

Gäbe es da nicht
– neben den Tieren –
diejenigen der Menschen,
die ebenfalls Mist produzieren.

Bleibt die Frage,
ob jener überhaupt verwertbar ist,
da das, was rauskommt,
ziemlich ›dünne‹ ist.

Nicht jeder

Mist

ist dufte.

Follow me

Zustimmung ist wichtig,
ihre Wirkung
ein Elixier.

Ein Heiltrank
mit dem Potenzial
zur Gier.

Ein Spiel, ein Kokettieren:
›Followers‹ gewinnen,
aber sich selbst verlieren.

Auf der Jagd nach Likes –
ich glaube, ich spinne:
Gefangen im Netz!

Dickes Brett

Gefiltert und geschminkt
gibt man vieles preis.
Alles, von dem man möchte,
dass jemand anderes
über einen weiß.

Ungeschminkt –
eher selten.
Es wuchert die Fassade.
Objektiv –
nicht zeitgemäß.

Dickes Brett Internet:
Schlimmstenfalls
die moderne Form des Maskenballs.

Der Hammer

Ständig neue Ideen,
immer mit viel Tamtam,
immer auf Temperatur.
Doch leider nur!

Um dann, wenn es zählt,
zu kneifen, sich zu verkriechen –
still, in seiner Kammer:
So bleibt man nur der ›Vorschlag(s)hammer‹.

Kennen
lernt man sich
beim Trennen.

Wer sich
nicht trennt,
lernt sich kennen

gegen
den Trend.

Die Zeit

Ständig auf der Suche
nach neuen Ideen.
Die Zeit – sie bleibt nicht steh'n.

Immer einen Schritt voraus,
schneller als die andern.
Die Zeit – sie lässt uns wandern.

Den Horizont erweitern,
Grenzen überschreiten.
Die Zeit – sie kann uns leiten.

Rastlose Fantasie,
der Himmel voller Geigen.
Die Zeit – sie wird es zeigen.

Und doch: Die Zeit vergeht,
wird zur Vergangenheit.
Sie hat keine Zeit – die Zeit!

Bekanntes Unglück
verfluchen

oder

unbekanntes Glück
neu suchen?

Zweifel
und Hoffnung
können Ansporn sein.

Alltagsheld

Wer gut gestellt ist,
sich etwas leisten kann,
preist dies gern als Leistung an.

Die Wirklichkeit für viele
sieht anders aus:

Tristesse – tagein, tagaus!
Alltag, sogar sonntags –
ein beständiges Ringen.

Sich kümmern,
Höchstleistung erbringen.

Beruflich, privat –
für wenig oder gar kein Geld:
Danke Alltagsheldin! Danke Alltagsheld!

Abstand

Abstand –
mit ein wenig Abstand,
erscheint Corona schon weit.
Scheinbar schnell verblasst,
die Coronazeit!

Hätte nie darauf gewettet,
einmal in der Vergangenheit
von ihr zu sprechen.
Zu groß das Leid,
zu gravierend die Gebrechen.

Möchte sie zurück
in die Gegenwart holen –
in ein paar Gedichten.
Mit der Hoffnung, auch in Zukunft,
nur mit Abstand von Corona zu berichten.

Auf einmal ist alles anders

Den gewohnten Spielfilm ad acta gelegt,
gibt es nur ein Thema, das die Menschen bewegt:
Corona.

Virologen sind gefragt, Experten angesagt.
Zeitgleich wird jeder Rolle Toilettenpapier hinterher gehetzt,
das selbst unbenutzt eine eigene Duftmarke setzt.

Ostern 2020:
Jerusalem stillgelegt, Ausgangssperre.
Petersplatz in Rom verwaist.

Existenzielle Sorgen für viele an diesem Feste.
Restaurants, Cafés, Hotels ohne Gäste.
Ich kann die Ruhe hören.

2020: Es kribbelt

Zum ersten Mal mit Maske unterwegs –
ohne morgendliche Rasur,
eine nun unnötige Prozedur.

In meiner Hausbank, zum Geldabheben –
mit leichtem Stoppelbart:
Neidisch auf Ganoven. Es kribbelt grad!

Dann, nach leichter Euphorie im Sommer:
Corona im Herbst noch immer problematisch,
Fallzahlen steigen dramatisch.

Kurz vor Jahresende:
Ein neuer Impfstoff lässt hoffen –
doch Virus-Mutation, weitere Fragen offen.

Zu allem Übel gesellt sich zum zweiten Lockdown
in den USA ein Schockclown –
mit der Mär vom Wahlbetrug.

Der Worte genug.

Am 27. April 2020: Start der Corona-Maskenpflicht.

Nach der Wahl in den USA im November wird Donald Trump nicht mehr Präsident.

Mit Maske
zeigt
der Mensch

ein weitgehend
ungeschminktes
Gesicht.

Bleibt
der Augen-Blick,
der täuschen kann,

alles andere
nicht.

Wellenbrecher gesucht

Lockerungen, Frühling in Sicht.
Die zweite Welle bricht.
Fragwürdige Impf- und Teststrategie:
Zu langsam, zu zögerlich, zu spät – und wie?
Kurz vor Ostern die dritte Welle.

Herbst' 21:
Rekordzahlen an Neuinfektionen,
wie vor einem Jahr.
Nach Beta- und Delta-Variante
jetzt Omikron aus Südafrika.

Ich fürchte, sie wird uns länger begleiten,
geht mit uns auf Tour –
passend zur Dauerwelle,
zum bevorstehenden Trendcomeback
einer Retrofrisur.

3. Dezember 2021: »Wellenbrecher« wird zum Wort des Jahres gekürt.

Kein Scherz

3. April 2022

Fallzahlen immer noch hoch,
extrem.
Masken fallen beinahe überall,
bequem.

Motto Eigenverantwortung:
»Jeder kann tun oder lassen,
was er will.«

Zwei Tage früher
wäre glaubhafter gewesen:
»April, April!«

Die Masken fallen

Endlich können wir wieder Gesicht zeigen
dank Ende der Maskenpflicht.
Aber leider tun dies viele
auch ohne Maske nicht.

»Die wesentlich größere Gefahr als die Impfung
war das Virus, zweifellos …«
Dennoch gibt es Menschen,
bei denen ist die Verzweiflung groß.

Sie haben eine Impfung nicht vertragen –
im Verhältnis wenige, zwar –
aber mit teils gravierenden
Folgeschäden, gar.

Zu helfen, sie nicht vergessen –
daran sollten wir uns messen!
Sonst wird aus der Endemie
ein Ende – nie!

Nach Ansicht von Experten stehen wir an der Schwelle zur Endemie. (19.1.23)

Zum 7. April 2023 läuft der rechtliche Rahmen für die Corona-Schutzmaßnahmen aus.

Leben für Fortgeschrittene

Nicht jeder kann gehen –
dennoch heißt es Lebenslauf.
Schnell und zu kurz für die einen.
Ein Marathon für andere, etliche geben auf.

Das Leben nimmt uns mit.
Nicht wenige sind stille Begleiter.
Andere, vehement eingreifend,
wilde Reiter.

Haben Glück –
genießen das Leben, sind fit.
Für nicht wenige ist es eine Mühsal,
Schritt für Schritt.

Eines haben alle gemein, werden älter.
Jede Stunde, jede Sekunde. Jedes Jahr, jeden Tag.
»Alter ist Leben für Fortgeschrittene« –
ohne gefragt zu werden, ob man dies mag.

Mensch Alter!

Schämt euch nicht
wegen eurer Falten!
Ein ganzes Buch ist lesbar
in eurem Gesicht, ihr Alten.

Natürlich, unverfälscht, kein Plagiat –
spannend, hochinteressant.
Konturen zu erahnen, Spuren zu seh'n –
real, authentisch, charmant.

Alt
heißt nicht veraltet.
Wer sich darüber lustig macht,
gehört zusammengefaltet.

Nebel

N ach einer kühlen Nacht
des morgens sanft

e in feiner Dunst
aus dem Boden erwacht,

b is ein wärmender Sonnenstrahl
ihn zögernd erhellt,

e in winziges Molekül
nach dem andern zerfällt,

l angsam freigebend
die Farben der Natur.

Traumhaft

Träume
geben meiner Seele Raum:
Neue
und verloren geglaubte Gedanken
erscheinen ganz nah.

Teils verschwommen,
teilweise gar nicht –
wie im Nebel.
Doch ›NEBEL‹ rückwärts gelesen,
heißt ›LEBEN‹!

Farbenfroh

Gras ist nicht nur grün,
eine Maus nicht grau allein.
Wasser ist nicht nur blau, ein Chamäleon
vermag ganz verschieden zu sein.

Ein Baum, eine Blume, ein Schmetterling,
Wolken, die vorüberziehen.
Fische im Ozean,
Pflanzen, die in allen Farben blühen.

Die Natur macht es uns vor,
könnte ein Beispiel geben
für ein buntes Miteinander,
ein vielfältiges Leben.

Zuweilen aufbrausend,
kalt und roh.
Doch sich stets ergänzend –
faszinierend still, farbenfroh.

Sauer

Ganz ohne Regen
würde nichts passieren:
Kein Sich Regen, kein Regenerieren.
Keine Menschen, keine Pflanzen, kein Tier –
ganz schön einsam hier.

Doch Regen im Überfluss ist kein Muss.
Auch, wenn er ausbleibt,
steht uns das Wasser bis zum Hals –
in übertragenem Sinne,
jedenfalls.

Globale Wetterextreme,
Überschwemmungen, Dürrekatastrophen –
ein Dilemma, wahrscheinlich auf Dauer.
Hört auf den Regen!
Er ist sauer.

Opa mag Zeichen

Opa haben alle zum Fressen gern.
Zum Glück nicht wörtlich zu seh'n,
sonst würde er nicht mehr
leibhaft vor ihnen steh'n.

Und Opa ist clever.
Rechtschreibung und Zeichensetzung
fallen ihm nicht schwer.
Ein fehlendes Komma stört ihn sehr.

Weiß,
dies kann sogar tödlich sein:
»Wir essen jetzt(,) Opa!«
wäre ohne Komma gar nicht fein.

Da ließe
er sich nicht blenden.
Ein Leben ohne Zeichen zu setzen?
So möchte Opa nicht enden!

Rückspiegel

Im Dorf?
Schöner konnte es fast nirgends sein.
Freilaufende Kinder waren wir –
im Wald, am Bach, auf der Wiese daheim.

Jetzt ergraut,
öfters mal wieder zurück –
auf der Suche
nach dem zweiten Blick.

In den Rückspiegel seh'n –
meditatives Geh'n.

Denn ergraut
sind längst nicht alte Gefühle.
Der Blick in den Rückspiegel –
ein wärmendes Gewühle.

Ganz nah
bei alten Bekannten von früher:
Altes, Bekanntes –
auf dem Weg zu mir.

Hunsrück

Dein Name erfordert Phantasie:
»Rücken eines Hundes« –
Cool! Und treffend, irgendwie!

Von tiefen Tälern zerfurcht,
mystische Wälder,
weitläufige Wiesen und Felder.

Steinreich, launisch, edel
und doch ursprünglich schlicht,
entschleunigend dein Gesicht.

Hunsrück: bucklig, rau.
Dein Charme will erobert sein.
Auf geht's: »Wau!«

Kein Jägerlatein

Ein Jäger traf mich,
als ich allein im Wald spaziert.

»Einen Bock geschossen«,
dachte sich der Jäger zu Recht.
Er ging, ich lag.
Mir war eher schlecht.

»Glück gehabt, nicht richtig getroffen«,
murmelte ich leise vor mich hin.

Mit einer Erkenntnis,
die mich bis heute bewegt:
Er liegt
heißt nicht erlegt!

Handykap

Die Birne auf Sparflamme,
geschont.
Kurz mal googeln, belohnt.

Sehne mich manchmal
nach Zeiten
vor dem Handy zurück.

Immerfort drauf zu starren
macht kurzsichtig.
Was fehlt, ist der weite Blick.

Immerfort drauf zu starren
wird zum Handikap.
Plädiere für eine entsprechende ›App‹.

Wir
drohen
zu versinken

im ›Digital‹.

Für
einen gepflegten
Dialog

bleibt
das
Sprechen,

analog.

Streitkultur

Eigentlich
sollte gesunder Menschenverstand
reichen.
Dann müssten Streithühner und Streithähne
beim Anblick im Spiegel nicht erbleichen:

Von Kultur oft keine Spur.
Lediglich über eines
ist man sich schnell im Klaren:
Die Frage nach dem Verfahren
ist verfahren.

Durch die Wand

Mit dem Kopf durch die Wand?
Funktioniert – immer, glatt –
wenn man einen Dickschädel hat.

Wenn man einen ›Dachschaden‹
nicht fürchten muss,
sich selbst betrachtet als harte Nuss.

Ja, es klappt – immer glatt –
wenn man den »Sprung in der Schüssel«
nicht scheut. Oder ihn schon hat!

Gemeinsam

Absprechen, einigen, dulden,
Konsens finden, tolerieren.
Von wegen leicht zu zweit
oder gar mit mehreren Personen.

Selbstdisziplin, Reflexion –
ein ständiges Arbeiten an sich.
Ganz schön einsam,
das »Gemeinsam«.

Entspannter
ist es zuweilen allein:
Ohne gemein!

Wer
vorgibt,

sollte auch

nachgeben
können.

Limerick

Alles gestandene Männer, ›kloor‹,
der Gesangverein aus dem bayerischen Keinohr.
Eine Hälfte singt topp, es ist ein Gedicht.
Die andere trifft alles, nur die Töne nicht.
Auftreten tun sie als gemischter Chor.

»Kloor« ist saarländisch und bedeutet soviel wie lustig, komisch, witzig, sympathisch, interessant.

Schwankend

beim Gleichklang
der Schritte,

wirkt jede Brücke

zerbrechlich,
beängstigend in der Mitte.

Logisch

Verstand kommt von verstehen,
Gang von gehen.
Beschließen verhält sich zu Beschluss
wie Küssen zu Kuss.

Schneiden zu Schnitt
wie Reiten zu Ritt.

Ebenso verwandt,
ohne Kommentar:
Lebensgefährte
und Lebensgefahr.

Rad schlag

Letztens auf Tour:
Ein Radschlag – verdammt!
Doch an Schlimmerem
vorbei geschrammt.

Im wahrsten Sinne des Wortes –
mit viel Glück:
Pech gehabt, aber danke für ein Reset.
Danke für ein Zurück.

Verbleibe mit einem Schmunzeln:
Ein Radschlag – verdammt!
Zumindest entfernt
mit Ratschlag verwandt.

Vermögen

Alles, was wir erben von den Ahnen,
ist gespeichert in unserer DNA –
somit vorgegeben, klar.

Ein weiterer Teil, quasi als ›Zugabe‹,
wird vielen später mitgegeben –
vererbt, für ein angenehmeres Leben.

Oft in Form von Geld:
Bleibt als Trost für die anderen,
fleißig arbeiten zu geh'n.

Doch auch Geld arbeitet.
Und wer hat es
schon schwitzen geseh'n?

DNA = Desoxyribonukleinsäure

Unter dem Teppich

Kleine Geheimnisse –
spitzbübisch, charmant,
gibt man nicht gern aus der Hand.

Jedoch wird auch Wichtiges
oftmals unter den Teppich gekehrt,
obwohl sich die Erfindung des Staubsaugers
bereits über einhundert Mal gejährt.

Ein schmaler Grat,
ist das, was man von sich gibt,
mit Lügen gepaart.

Dient ein solches Gebaren
gar nur zur Wahrung
des eigenen Gesichts,
erklärt dies alles, rechtfertigt aber nichts.

Umweg

Es gibt Menschen,
die bewegen sich kurvig,
teils im Kreise.

Umwege sind keine Unwege,
sicher länger,
oftmals weise.

Bedeuten ein Schreiten mit Umsicht,
lassen einen ungewohnte Pfade
nicht überseh'n.

Umwege sind keine Unwege,
aber ein zuweilen
rücksichtsvolleres Geh'n.

Die Pfeife

Fühlte mich wohl als Pfeife,
wurde genossen Zug um Zug.
Selbst im Restaurant war ich dabei.
Vermisse seitdem
manch gepflegte Fachsimpelei.

Von Genießern und Genießerinnen.
Ja, es gab sie, vereinzelte Damen,
bei denen Pfeifen zum Zuge kamen.

Ob ich aus eigener Erfahrung spreche?
Nun, da ziemt es sich zu kneifen –
fange lieber an zu pfeifen.

Entlarvt

Eine Raupe,
oft als ›dicke Raupe‹ abgetan,
melodisch eher ungeeignet für ein Gedicht,
gäbe es da nicht ihr zweites Gesicht:

Entlarvt als bunter Schmetterling,
mit leichtem Flügelschlag
springend von Ton zu Ton,
abstreifend ihr Kokon.

Rasch, munter, heiter –
im Allegro, auf und davon!

Die Wertigkeit
von
Reifen

erkennt man
an ihrem
Profil.

Bei Reife
ist es
ein ähnliches Spiel.

Der Armleuchter

Ganz gleich,
ob mit Kerzen ausgestattet
oder elektrischem Licht –
einen Armleuchter übersieht man nicht.

Festlich
über einem Sockel thronend,
in mehreren Armen verzweigt,
sich seine Strahlkraft in voller Stärke zeigt.

Neidisch
könnte man werden,
gäbe es nicht ein menschliches
Pendant dazu auf Erden.

Bei diesem genügt schon
eine schwache Leuchte allein,
um ein würdiger Armleuchter zu sein.

Missgunst
ist keine
Kunst:

Leicht
durchschaubar,
einfach gestrickt,

zeigt sie vor allem,
wie man selber
tickt.

Abgehoben

Flieg, Überflieger, flieg!
Kennst dich mehr als gut aus,
bist überall zu Haus.

Doch mancher, der stetig fliegt,
hat Dinge überseh'n,
die naheliegend sind.

Ist am Boden,
weil abgehoben!

Wir jetten
um
die ganze Welt,

leben
uns grenzenlos aus.

Doch
heißt nicht
grenzenloses Können,

die eigenen
Grenzen erkennen?

Sti(e)lfrage

Es gibt sie noch,
seltsame Wesen,
samstags ›auf‹ dem Dorf –
kehren mit Besen.

Vereinzelt zwar,
am Straßenrand.
Freundliche Gesichter,
Arbeit von Hand.

Kehren mit Besen?
Seltene Wesen.
Menschen mit Sti(e)l!

Noch eine Stilfrage

Lässt sich
ein Zusammenhang
zwischen

»Herr – herrlich«
und »Dame – dämlich«
sehen?

Oder lasse ich
die Frage einfach
als

herrlich dämlich
so stehen?

Anders

»Ohnehin kommt es anders,
als man denkt« – ein Gefühl,
das bei guter Stimmung Skepsis nährt,
bei schlechter Hoffnung schenkt.

Von Generationen so weiter gegeben,
lässt sich mit diesem Gedanken
mehr oder weniger gut leben.

Fühlst du dich jedoch irritiert,
in eine bestimmte Richtung gedrängt,
probier's mal mit
»Manchmal kommt es anders, wenn man denkt!«

Zugabe

Etwas zu geben
erfordert zuweilen
ein inneres Beben.

Anspruchsvoll,
aber zielführend
zu einem erfüllteren Leben.

Ohne eine Gegenleistung zu erwarten,
gar als menschliche Zugabe
für sich selbst zu erachten.

Wer dies schafft,
darf sich als reich beschenkt
betrachten.

Gut behütet

Menschen zuhauf
setzen sich gerne Hüte auf.

Bei falscher Größe
ergeben sich völlig neue Gestalten –
der Kopf komplett im Hut versunken
oder dieser von den Ohren gehalten.

Zum Glück steht auch ohne Hut
den meisten der eigene Kopf ganz gut.

Gut behütet
kann ein Geheimnis sein.
Wahre Kopfgröße
entscheidet Persönlichkeit allein.

Uferlos

Bist du ein Macher,
immer aktiv, immer in Betätigung,
unermüdlich auf der Suche nach Bestätigung?

Kein auf der Strecke Gebliebener?
Die Ufer nicht im Blick,
ein einzig Getriebener?

Zeit, Stopp zu sagen,
die Gestade am Rande zu sehen.
Zeit, zu stehen!

Geradeaus

Wohl dem,
der in eine Richtung gehen kann,
gerade.

Sich zuhause fühlt
auf seinem ganz persönlichen
Pfade.

Nebensächliches
konsequent liegen lässt,
nicht eilt.

Bei Bedarf stehen bleibt,
in seiner eigenen Spur
verweilt.

Zeitsparend,
zielführend, klar:
Geradeaus, berechenbar.

Ausfall

Dank Edison glühen die Drähte heiß.
Brennen sie durch
oder ist zu viel Spannung drauf,
fliegt die Sicherung raus:
Lampe aus!

Glühen jedoch
des Menschen Drähte heiß,
fliegt seine Sicherung gar raus,
heißt es Alarmstufe ›rot‹ –
Totalausfall droht:

Seine Birne
ist einmalig zwar,
jedoch nicht austauschbar!

Anders
als beim Blick
in die Sonne
oder künstliches Licht,

verhelfen
offene Augen
zu einer unverblendeten
Sicht.

24. Februar 2022: Putins Angriffskrieg gegen die Ukraine beginnt.

9. Dezember 2022: »Zeitenwende« ist das Wort des Jahres 2022.

Wenn der Humor verliert

Vorgeführt, verhöhnt, belogen
von machtgeilen Despoten,
beklatscht von Oligarchen
und nützlichen Idioten.

Unberechenbar
die Torheit der Tyrannen,
bereit zu größter Brutalität.
Aus Angst vor der Kraft der Freiheit.

Menschen verachtend,
extrem gefährlich. – Obwohl,
ohne Drohgebärde vernichtender Waffen,
wäre ihre Ausstrahlung nur erbärmlich.

Und dennoch, bin tief bewegt,
als eine Frau mitten in Moskau
mit ihren zwei kleinen Mädchen
mutig Blumen für den Frieden niederlegt.

LEIDKULTUR

Auf der Welt leben Menschen,
denen es richtig gut geht
und Leute, die furchtbar leiden.

Sowie Personen, die meinen,
man müsse anderen zeigen,
wo's langgeht, sie leiten.

Leitkultur ist in aller Munde.
Wie wär's mit einem neuen Begriff –
mehr als bloß eine Sprachkorrektur:

Leidkultur!

Berührt

Anfassen ist simpel.
Berühren erfordert Gefühl.

Durch Anfassen
kann ich etwas bewegen.
Berührt fangen Dinge an,
sich wie von selbst zu regen.

Eine Eigendynamik
kann entstehen –
ist auch das »Wie«
oft verschleiert im Dunst.

Anfassen ist simpel.
Berühren ist Kunst.

Leicht verstaubt

Auf einen Teppich
wird mit voller Wucht eingedroschen –
eine Methode, wenn auch leicht verstaubt,
aber zielführend, erlaubt.

Über einer Leine aufgespannt,
mit dem Teppichklopfer –
nachhaltig, markant.

Jedoch tunlichst einzuprägen:
Anders als bei Teppichen
erzielt man bei Menschen
keine Besserung mit Schlägen.

Alles bestens

Klar,
bei Schönwetterlage.

Schwieriger
bei einer leichten Brise.

Alles bestens?
Charakterfrage!

Auf dem Prüfstand
in der Krise.

*Haar*monie,
an den Haaren
herbeigezogen,

ist

schön gefärbt,
getönt,
verlogen.

Wertschätzung

Kleine Schwächen
mit einem Schmunzeln
neu bewerten,

vielleicht sogar
lieben lernen

und dies
zu eigener Stärke
machen.

Riwwer onn niwwer

oder: Verständigung auf Saarländisch

Zesamme saaße se off änem Holzsteg,
ruddschde riwwer onn niwwer.
Wadd se verbannd,
waa e Schliwwer.

Heid hadd ma de Holzsteg
verlängerd zu e Bregg.
Leid geh'n riwwer onn niwwer
stadd voor on wirrer zeregg:

›Riwwer – niwwer‹ grenzeloos,
schreibd ma Grenze nedd groos!

»Riwwer onn niwwer« bedeutet im Saarländischen soviel wie »hin und her«.

Schliwwer = (saarländisch) Splitter.

Willkommen

Ich bin neu hier,
aber kein Objekt
von Neugier.

Werde wahrgenommen.
Meine Fragen
sind willkommen.

Fühle mich wohl,
weil ich mich
nicht erklären muss.

Anker

So wie Angst
menschlich ist,
ist Vertrauen notwendig
als Baustein für ein sicheres Gerüst.

Vertrauen in ein Scheitern
kann nur den Zyniker erheitern.

Ohne Vertrauen kannst du
nicht mal ruhig die Haustür raus gehen.
Selbst drinnen kann jederzeit
etwas Unverhofftes geschehen.

Suche einen Anker, der dir hilft,
nicht jegliches Vertrauen zu verlieren!

Das »Was?«
ist wahrnehmbar
mit einem unserer Sinne
oder mehreren zugleich.

Das »Warum?«
dagegen anspruchsvoller,
mehrschichtiger,
aber aufschlussreich.

Minimalismus

Was man nicht hat,
kann man nicht verlieren.
Beruhigend, weniger Verlustängste zu spüren.

Drum entrümpele deinen Lebens-Pool!
Besitz ist Ballast:
Du bist nicht, was du hast.

Auch die eigene Festplatte
putzen lohnt, schafft Platz für Neues,
was künftig in dir wohnt.

Nur,
sei nicht zum Äußersten bereit im Leben –
bereit, deinen Verstand abzugeben.

Der Seele
Raum geben.

Loslassen,
die Stille erspüren.

In der Leere
rasten.

Gedanken-Fasten.

Königin der Nacht

Abwartend, verschlossen –
wissend, ihre Zeit wird kommen.
Um sich dann langsam zu öffnen,
wenn es ringsum dunkel wird.

Um sich genau einmal zu zeigen –
in voller Pracht.
Dem Aufmerksamen,
mitten in der Nacht.

Abschied

Blicke zurück mit Wehmut.
Sternschnuppen fallen vom Nachthimmel.
Perseiden.

Ich stehe am Fenster.
Wir wissen längst nicht alles.
Gut so.

Wintersonne

Zart,
ein diffuser Schein.

Befreit,
mit dem Atem allein.

Erbauend,
im Angesicht der Sonne.

Erhellt,
meine Gedanken.

Bewegt,
wie sie wanken.

Wer
auf der
Sonnenseite
ist,

sollte
nicht nur
Schatten
spenden.

Weihnachten

Weihnachten
lädt uns ein,
aufzutauen,

Wärme zu spüren,
einander nahe zu sein –
fröhlich, leise.

Weihnachten,
vielleicht ohne Schnee,
aber weise!

Haikus

– kleine Dinge

Der Wert von Dingen –
Menschliches, selbst Banales,
wird oft spät bewusst.

Dramatisch wird es,
hast du versäumt zu reden:
Schmerzlicher Verlust.

GRUNDSTÜRZEND

Wir merken ganz bewusst:
Jedem Schritt, den wir tun,

jeder Zeit, die wir ruh'n,
folgt Freude oder Frust.

Prägende Erfahrung – nicht gesucht, doch gemacht.
Grundstürzend, einschneidend. Der Boden tut sich auf:

Einen Zentimeter
in die falsche Richtung,

daneben – um Meter
ausgerutscht im Leben.

Leicht verrückt

Leicht
ist etwas verrückt,
ein Scheitern nicht heiter.
Aber stets eine Option,
leider.

Ist Teil des Lebens,
es gibt keine Garantie.
Leicht ist etwas verrückt.
Das bedenke,
wenn alles leicht glückt.

Regenbogen

Nicht greifbar,
aber doch zu seh'n,
ein Spiel der Natur,
farbenfroh, wunderschön.

Einen Bogen spannend,
ein Zauber mit Gewicht,
bringt ein Lächeln
in unser Gesicht.

Lässt die Augen leuchten:
Farben voller Harmonie
fließen ineinander über –
Quell der Fantasie.

Gedanken

Gedanken –
mutig, spontan,
überlegt, unreflektiert:

Schlüssig
oder rätselhaft
etwas Neues kreiert.

Oft schon morgen
werden sie Schnee von gestern sein:
Alt, ungeliebt, harsch, allein.

Zum Autor

Erwin Gisch, Jahrgang 1952, wohnt in St. Wendel. Als Realschullehrer i. R. betrachtet er Dinge mit einem feinen und leisen Lächeln.

»Der Autor ist einer, der ohne viel Pomp mit den Wörtern jongliert, mal nachdenklich, mal mit hintersinnigem Humor. Dabei versteht er es, Alltagsmomente pointiert in einen erfrischend neuen Zusammenhang zu stellen.«

Marion Schmidt, Saarbrücker Zeitung

Erwin Gisch hat einen klaren Blick für Themen, die Menschen berühren. Schon der Titel seines dritten Buches, »Früher waren meine Haare dichter«, ließ auf die Selbstironie schließen, mit der er sich und die Welt hinterfragt. Auch in »Nicht jeder Mist ist dufte« zeigt sich der subtile Humor des Autors. Er findet facettenreich gekonnt den richtigen Ausdruck, regt seine Leserinnen und Leser an mitzudenken und die Texte zu fühlen.